Maja Vandenwald

Shortmord 2

**Weitere 101 gereimte Kurzkrimis
121 - 221**

© 2017 Maja Vandenwald
2. Auflage

Illustration: Ulrike Spieckermann
Foto: Jo Gemke

Herstellung und Verlag: BoD
Books on Demand, Norderstedt

ISBN: 978-3-743181-70-0

INHALT

Krimi Nr. 121 – 221

Wer Shortmord mag, wird die Fortsetzung lieben:

Weitere 101 gereimte Kurzkrimis

Noch böser
Noch schonungsloser

Krimi Nr. 121

Die alte Dame tut sich schwer,
sie stirbt jetzt schon seit Tagen.
Der nette Pfleger mag sie sehr,
er kann das nicht ertragen.

So gibt er ihr voll Mitgefühl
ein bisschen viel Morphin.
Der Tod hat nun ein leichtes Spiel,
in Kürze ist sie hin.

Krimi Nr. 122

In Ermang´lung einer Waffe
greift sie zu der Weinkaraffe,
edles Glas, das nun zersplittert,
denn die Gattin ist verbittert.

Der nun Tote war verschossen
in der Freundin Sommersprossen.
Dieser wird sie mit den spitzen
Scherben das Gesicht zerschlitzen,

die Arterien durchtrennen
und danach um beide flennen.

Krimi Nr. 123

Blut, Blut, das ist gut,
rot, rot, du bist tot.
Blau, blau, ist das Licht –
Polizei verzeiht das nicht.

Krimi Nr. 124

Der kalte Winter naht heran,
es steht der Reifenwechsel an.
Er macht das stets für seine Frau,
sie kann es nicht, weiß er genau.

Es gab jedoch in letzter Zeit
ein Bröckeln bei der Zweisamkeit,
und als er so am Reifen schraubt,
kommt ein Gedanke unerlaubt,

dass, würd´ sie auf der Autobahn
mit 150 Sachen fahr´n,
und sich ein Reifen dabei löse,
das sei doch effektiv und böse.

Und wie er da so sitzt und denkt,
die Gattin einen Spaten schwenkt.
Sie hat ihn einfach kalt gemacht
und laut und froh zuletzt gelacht.

Krimi Nr. 125

Er hat den Hund gut abgerichtet
und daraufhin trainiert,
dass, wenn er nur den Nachbarn sichtet,
er schon nach diesem giert.

Der Nachbar ahnt das alles nicht,
spaziert vergnügt daher,
da springt der Hund ihm ins Gesicht,
der Nachbar ist nicht mehr.

„Ein Unfall", das ist der Befund,
so sagt die Polizei,
man tötet daraufhin den Hund,
das Herrchen, es bleibt frei.

Krimi Nr. 126

Der Patenonkel stinkt vor Geld,
doch rückt er nichts heraus,
was seinem Neffen nicht gefällt,
drum denkt der sich was aus.

Er setzt sich eine Maske auf
und hält den Onkel fest,
dann setzt er gleich ein Schreiben auf,
in dem er glatt erpresst.

Er will bis morgen die Millionen,
sonst wird der Onkel sterben,
Entführung muss sich schließlich lohnen,
ist besser noch als erben.

Doch seine Tante rückt den Kies
auf keinen Fall heraus.
Sie hat mit ihrem Manne Knies,
das geht nicht heiter aus.

Der Neffe wartet sich 'nen Wolf,
der Onkel stirbt vor Schreck,
die Tante spielt derweilen Golf,
nun ist der Gatte weg.

Krimi Nr. 127

Zu gern kauft sie im Baumarkt ein,
um sich mit Waffen zu bestücken.
Sie ist sehr gründlich und gemein,
denn ihre Morde sollen glücken.

Ihren Mann hat sie erschlagen
mit dem Hammer vor 10 Tagen,
und der Schwager, dieser Racker,
kam zu Tode durch den Tacker.

Bohrmaschine durch die Stirn,
tiefes Loch bis ins Gehirn,
so verstarb der Schwiegervater,
leise, ohne viel Theater.

Alle sollen endlich sterben,
denn dann gibt es was zu erben.
Schwiegermutter, Schwägerin,
meuchelt sie mit Klebstoff hin.

Heimlich nachts in Nase, Mund,
das ist wirklich nicht gesund.
Nun sind alle hingerafft,
alle Morde sind geschafft.

Baumarkt ist nicht weiter wichtig,
denn nun lebt sie erstmal richtig.

Krimi Nr. 128

Er sitzt auf dem Oktoberfest
und stemmt frustriert die Maß,
weil seine Resi ihn verlässt,
das freche, kleine Aas.

Da spürt er einen schlimmen Schmerz
in seinen ob´ren Rippen –

ein Messer bohrt sich in sein Herz,
man sieht ihn langsam kippen.

Ein jeder denkt, er ist besoffen
und lässt ihn einfach liegen,
die Resi kann aufs Erbe hoffen,
man wird sie niemals kriegen.

Krimi Nr. 129

Der Enkeltrick klappt meistens gut,
doch nicht bei Opa Krüger,
weil der zunächst ganz tattrig tut,
doch ist er sehr viel klüger.

Der Opa sagt, er holt das Geld,
er hätt´s in ein, zwei Stunden,
und als der Junge bei ihm schellt,
hat Opa ihn gebunden.

Er ruft sogleich die Polizei,
die setzt sich froh in Trab,
kommt bei dem Opa kurz vorbei
und holt den Täter ab.

Krimi Nr. 130

Der Berg ist hoch, die Schlucht ist tief,
da kommen vier gekraxelt –
zwei Paare in ´nem Stimmungstief –
es wird nicht mehr geschnackselt.

Die Männer packen ihre Frauen
und rufen „eins, zwei, drei",
im Fall packt diese echtes Grauen,
die Männer sind jetzt frei.

Krimi Nr. 131

Es hat schon in der Hochzeitsnacht
bei einem Paar enorm gekracht.
Schon tat es beiden schrecklich leid,
dass sie sich überhaupt gefreit.

Die Gattin war sehr einfallsreich
und wusste guten Rat sogleich.
Sie hat den Gatten hingemeuchelt
und tiefe Trauer dann geheuchelt,

doch hat man sie schnell überführt,
sie war noch immer blutverschmiert
und hielt das Messer in der Hand,
durch das den Tod der Gatte fand.

Krimi Nr. 132

Die Affen jagen durch den Zoo,
sie sind heut' ganz besonders froh.
Sie haben eine umgebracht,
die Pfleger Hans nur Ärger macht.

Das war die Schwiegermutter Trude,
die liegt jetzt in der Affenbude,
und morgen wird sie aufgefressen,
bald ist die Olle ganz vergessen.

Krimi Nr. 133

Der Pfeil schießt aus dem Pusterohr
fast ganz geräuschlos schnell hervor
und steckt nun tief im linken Batzen –
schon fängt das Opfer an zu ratzen.

Der Mörder schleicht sich näher schnell,
hält in den Händen ein Skalpell.
Er ritzt die Halsschlagader an,
damit das Blut gut fließen kann.

Er fängt es auf in einem Krug –
bald ist der voll, das ist genug.
Die Blutwurst, die er daraus kocht,
hat jeder Gast noch gern gemocht.

Und ist die Blutwurst wieder alle,
stellt er dem nächsten eine Falle.

Krimi Nr. 134

Es tönt ein Schreien aus dem Keller,
es wird ganz schrill und immer schneller,
dann plötzlich eine Grabesstille –
sie hat gewirkt, die Todespille.

Die Mörderin ist eine Frau,
ist Ärztin und besonders schlau.
Sobald sie eine Oma findet,
die nicht mehr viel ans Leben bindet,

kassiert sie deren ganzes Geld
und schickt sie dann aus dieser Welt.
Und aus den morschen, alten Knochen
kann man noch schöne Seife kochen.

Krimi Nr. 135

Er reiste einst zum Ballermann,
wo man sich einen ballern kann,
trank Rotwein aus 'nem großen Kübel,
am nächsten Morgen war ihm übel,

zudem lag eine fremde Schnecke
ganz nackt und tot auf seiner Decke.
Die hatte jemand liquidiert
und dann bei ihm schnell einquartiert.

Der arme Kerl kam in den Knast.
der Mörder wurde nie gefasst.

Krimi Nr. 136

Der Federweiße schmeckt so gut
und steigt so leicht zu Kopf,
drum gibt er seiner lieben Ruth
gleich einen ganzen Topf.

Da schnarcht sie nun, die Bahn ist frei,
er trifft sich mit 'ner andern,
Ruth ist am nächsten Tag wie Blei,
sie will noch nicht mal wandern.

Sie hat jedoch trotz Alkohol
den Gatten im Verdacht,
er hätte eine and´re wohl,
was ihr zu schaffen macht.

An diesem Abend stellt sie sich
zunächst total betrunken,
doch in der Nacht gesellt sie sich
zu diesen zwei Halunken.

Mit einer Flasche im Affekt
hat sie die zwei erschlagen.
Die Polizei hat sie entdeckt,
doch erst nach ein paar Tagen.

Krimi Nr. 137

In der Loge im Theater
sitzt die Tochter mit dem Vater.
Tochters Liebster bläst das Horn
im Orchestergraben vorn.

Dieser Typ als Schwiegersohn?
Das verhindert Vater schon.
Und ganz heimlich, hinterm Rücken,
sieht man ihn ein Blasrohr zücken,

zielen, pusten und sodann
kommt der Pfeil beim Bläser an.
Während dort der Kerl verreckt,
wird das Blasrohr gut versteckt.

Tochter hört nicht auf zu weinen,
doch es gibt nicht nur den einen.

Krimi Nr. 138

Dauernd trinkt sie Alkohol,
Wodka, Korn, den mag sie wohl.
Kann schon viel davon vertragen,
doch dann wird ihr Mann geschlagen.

Ist sie wieder sturzbesoffen,
kann er kaum auf Gnade hoffen,
wird von ihr dann ungezügelt
wie ein armer Hund verprügelt.

Eines Tages ist er´s leid,
und bald ist es dann soweit.
Füllt Tabletten in den Korn,
Gattin säuft und kippt nach vorn,

ist nicht tot, nur komatös,
und nun wird der Gatte bös.

Räumt mit seiner Kettensäge
seine Gattin aus dem Wege.
Hat im Knast nun seine Ruh,
schließt beglückt die Augen zu.

Krimi Nr. 139

Der Mond scheint hell im Märchenwald,
da schleicht ein junges Pärchen bald
zum Haus der sieben Geißlein
und bricht dort, ohne Scheiß, ein.

Sie schleppen Opa Rolf,
verkleidet als der Wolf,
platzieren ihn im Häuschen
und machen erst ein Päuschen.

Der Opa macht sich gut als Tier,
sie lassen ihn erleichtert hier.
Die Leiche ist zerfallen –
ist keinem aufgefallen.

Krimi Nr. 140
Der ältere Kollege
stand leider nur im Wege.
Der Jüngere will weiter
auf der Karriereleiter.

Schnell hat er sich entschlossen,
den Älteren erschossen,
nun steht er selber dort,
ein and'rer wünscht ihn fort.

Krimi Nr. 141

Es sagt der Bürgermeister:
„was für ein Scheibenkleister,
die Gattin wird mir gar zu fett,
für's Image ist das gar nicht nett.

Auch eine Scheidung kann nicht sein,
dann wählt man mich nicht wieder, nein.
Die Dame will ich nicht mehr haben,
ich werd' sie töten und vergraben."

Gesagt, getan, die Frau gemeuchelt,
und volle Traurigkeit geheuchelt.
Die Gattin weg, der arme Mann –
 aus Mitleid kreuzt man wieder an

So ist er nach der bösen Tat
auch weiterhin aktiv im Rat.

Krimi Nr. 142

Der Cocktailmixer, jung und schlau,
mixt einen Drink für seine Frau.
Sie leert das Glas in einem Zug,
das war von ihr nicht wirklich klug.

Das Gift, das in dem Becher war,
vertilgte sie mit Haut und Haar.
Die Leiche hat er eingemauert
und äußerlich um sie getrauert.

Die Leiche wurde nie entdeckt,
kein Mensch hat je den Mord gecheckt.

Krimi Nr. 143

Er traf sie in der Diskothek,
sie machten eine Sause,
dann machten sie sich auf den Weg,
und zwar zu ihm nach Hause.

Die Gattin war derweil verreist,
für mindestens drei Tage,
das nutzte er für sich ganz dreist,
zum Flirten, keine Frage.

Die Gattin aber kehrt nach Haus
so gegen Mitternacht.
Der Urlaub war schon früher aus,
das hätt´ er nicht gedacht.

Sie hat die beiden in Aktion
ertappt im Ehebett,
das Küchenmesser ist der Lohn,
sie bluten im Duett.

Bald sind die Körper leer und blass,
das Bett ist ruiniert,
die Laken von dem Blut ganz nass,
der Rest ist auch verschmiert.

Nun kommt es auch nicht mehr drauf an,
die beiden sind jetzt tot,
sie setzt das Messer bei sich an
und stirbt im Morgenrot.

Krimi Nr. 144

Er war mal wieder stinkbesoffen,
da hat er seinen Chef getroffen.
Mit seiner Knarre in die Stirn,
es spritzte Knochen, Haut und Hirn.

Der Chef war tot, er ist gelaufen.
So schön kann´s sein, sich zu besaufen.

Krimi Nr. 145

Immer wieder
schnackt das Mieder,
das sie nimmt,
ihn vertrimmt.

Und er heult,
arg verbeult,
bis er dann
nicht mehr kann,

sich vermehrt
endlich wehrt,
schlägt den Hammer
auf die Mama,

und das Blut ist so rot,
seine Frau endlich tot.
Und im Knast,
ohne Hast,

ruht er aus
von dem Graus.

Krimi Nr. 146

Oma wird bald fünfundsiebzig,
und was meint ihr: sie verliebt sich
in den Franz von nebenan,
der schleppt gute Rente an.

Und das Geld liegt, Gott sei Dank,
unterm Bett statt auf der Bank,
also muss sie ihn verführen,
um die Kohle anzurühren.

Opa Franz ist hingerissen –
lange musst´ er das vermissen,
doch hat seine Leidenschaft
ihn spontan dahingerafft.

Oma steckt die Knete ein –
so viel Geld für sich allein.
Und die Erben sind geschockt,
denken sich, er hat´s verzockt.

Oma denkt sich: „das klappt gut,
gleich ums Eck, da wohnt der Knut…"

Krimi Nr. 147

Auf einer grünen Wiese
lag dösend Müllers Liese.
Da schlich ein böser Mann
sich hinterrücks heran.

Er zückte ein Stilett
und stach in das Korsett.
Dies war jedoch so fest geschnürt,
dass Gott sei Dank nicht viel passiert.

Die Liese aber wurde wach
und schlug sofort gehörig Krach.
Sie zog das Messer aus dem Mieder,
stach ihrerseits den Bösen nieder.

Man sollte Frau´n nicht unterschätzen,
weil sie sonst selbst das Messer wetzen.

Krimi Nr. 148

Die Oma lag in ihrem Sarg,
das rührte ihren Enkel arg,
und er beschloss, die Leich´ zu klauen
und plastiniert dann aufzubauen.

Anstatt der alten Frau Gebeine
ruh´n auf dem Friedhof dicke Steine,
die Oma sitzt, statt zu verwesen,
beim Enkelsohn am Küchentresen.

Seitdem hat dieser ganz gewitzt
noch ein paar Leichen mehr stibitzt,
die alle, ohne zu vergammeln,
sich stumm in seinem Haus versammeln.

Die Polizei hat dies entdeckt,
ihn in die Psychatrie gesteckt.
Die Toten ruh´n nun ungestört
im Grabe, wie es sich gehört.

Krimi Nr. 149

Ein Mann stand nachts in seinem Garten
und grub ein Loch mit seinem Spaten.
Die Gattin hatte er geschlachtet
und nun die Grube ausgeschachtet,

um spätestens am frühen Morgen
die Leiche hierin zu entsorgen.
Dann füllte er mit Erde auf
und pflanzte ein paar Blumen drauf.

Die blühten bald in aller Pracht,
tja, was ein guter Dünger macht.

Krimi Nr. 150

Der Millionär war arrogant
zu seinem Personal,
bis seine Sekretärin fand,
das sei nicht mehr normal.

Klammheimlich und mit starrer Miene
schlich sie zu seiner Limousine,
den Schlüssel hatte sie geklaut,
als er gerad´ nicht hingeschaut.

Sie öffnete den Motorraum,
doch kannte sie die Technik kaum,
zerschnitt ein Kabel mit der Schere,
das, glaubte sie, zum Bremsen wäre.

Sie schlich zurück zu ihren Akten
und wartete auf neue Fakten.
Dem Chef jedoch war nichts passiert,
die Zündung war's, die abgeschmiert.

Die Sekretärin wurde sauer
„Beim nächsten Mal, da bin ich schlauer."
Sie stürzte sich mit Sachverstand
auf Technik, die ihr wohlbekannt,

vergiftete den alten Sack
am nächsten Tag mit Nagellack.

Krimi Nr. 151

In einem guten Restaurant
ist keinem vor dem Essen bang,
denn wie es auf der Karte steht,
hier gibt es beste Qualität.

Dies wusste wohl der Sterne-Koch,
er kannte sein Metier, jedoch
die Gier nach Luxus, Geld, Vergnügen
ließ ihn die Klientel betrügen.

Er hatte schnell herausgefunden,
dass Wanderratten herrlich munden.
Den Gästen hat es gut geschmeckt,
und keiner hat den Nepp entdeckt.

Auch Hunde, Katzen, wilde Tauben
verspeisten sie in gutem Glauben.
Ein Gast jedoch war ziemlich clever.
„Das Essen hier 1A? No, never."

In einer Tasche seiner Weste
verbarg er ein paar Speisereste
zur Analyse im Labor,
der Koch jedoch kam ihm zuvor.

Er bat den Gast zur Speisekammer,
erschlug ihn dort mit einem Hammer.
Das Hirn, das Herz, die Leber, Nieren
lässt sich problemlos mitservieren,

und aus dem großen Beckenknochen
kann man vorzüglich Suppe kochen.
Das Fleisch zu Steak, der Po zu Schinken,
dazu ein Glas Champagner trinken.

So läuft das wohl auf dieser Welt –
Ich hab´ mir auch schon was bestellt.

Krimi Nr. 152

Es dreht sich der Propeller
erst langsam und dann schneller,
und bei dem vollen satten Klang
wirft einer einen Bumerang.

Der wird sofort total geschreddert,
auch der Propeller ist zerfleddert.
Die Teile sausen durch die Scheibe
und rücken dem Pilot zu Leibe.

Der Übeltätet jubiliert –
er sieht, wie der Pilot krepiert.
Der Anschlag ist total gelungen –
es zahlen die Versicherungen.

Pilotenfrau, Pilotenkiller
zieh´n daraufhin in eine Villa,
wo sie sich eins ins Fäustchen lachen –
so einfach ist es, Geld zu machen.

Krimi Nr. 153

Man kennt ihn nun im ganzen Land,
ein jeder Sammler ist gespannt,
was er auch malt auf seiner Leinwand,
man kauft es ohne jeden Einwand.

Doch nimmt er eine Farbe bloß,
er kommt von dieser nicht mehr los.
Es ist ein rot, so wunderschön,
das hat man so noch nie geseh´n.

Woher er diese Farbe hat,
verschweigt uns dieser Maler glatt.
Das hat auch einen guten Grund,
die Produktion ist nicht gesund.

Er nimmt das Blut von frischen Leichen,
um seine Leinwand zu bestreichen.
Am liebsten nimmt er das von Frauen,
weil die ihm einfach blind vertrauen.

Er schleppt sie in sein Atelier,
tut ihnen dann gehörig weh.
Ein Schlag genügt schon auf den Schädel,
schon ist bewusstlos jedes Mädel.

Dann schlitzt er schnell die Adern auf,
das Blut fließt rot in schnellem Lauf
direkt in seinen Farbkanister,
6 Liter etwa, fertig ist er.

Ins Säurebad steckt er die Leichen,
um sie gehörig einzuweichen.
Das hat bisher ganz gut geklappt,
man hat ihn nie dabei ertappt.

Drum malt er weiter wie ein Wilder
in schönem Rotton seine Bilder.

Krimi Nr. 154

Er ist dabei, das Osterei
ganz sorgsam zu verstecken,
doch seine Frau wird nebenbei
beim Putzen es entdecken.

Es ist ein ganz besond´res Ei,
eins von der Bundeswehr.
Das klaute er ganz nebenbei,
das war noch nicht mal schwer.

Zieht sie den Stift am Ei heraus,
was sicherlich passiert,
ist er zur Arbeit außer Haus,
wenn alles explodiert.

Krimi Nr. 155

DerMörder sitzt am Hönnestrand
und hält ein Messer in der Hand.
Er wartet auf die Schwiegermutter
und macht sie dann zu Entenfutter,

  denn dieses weiß er aus Erfahrung:
  Brot ist nicht deren Lieblingsnahrung...

Krimi Nr. 156

Die Gattin fährt den Alten platt,
weil der zu viele Falten hat.
Nun sucht sie notgedrungen
nach einem neuen, jungen.

Krimi Nr. 157

Die gold´ne Hochzeit steht bevor,
die 50 sind fast voll,
uns als sie einst ihr Herz verlor,
da fand sie ihn ganz toll.

Das ist jedoch schon lange her,
sie kann sich kaum entsinnen.

Sie liebte ihn schon lang´ nicht mehr,
doch gab es kein Entrinnen.
Nun wird ihr spät, doch endlich klar:
der Kerl muss langsam sterben,

und wenn man merkt, dass sie es war,
dann wird man sie enterben.
Egal, sie greift beherzt zum Beil,
erschlägt ihn schnell von vorn.

Er stirbt, das ist für sie das Heil,
sie trinkt sich einen Korn.
Die Kinder haben sie gedeckt,
die Mama nicht verraten,

sogar die Leiche noch versteckt
tief im Gemüsegarten.
Am Ehrentag hat er gefehlt,
er wurde nicht vermisst.

Den Gästen hat sie nur erzählt,
dass er zur Reha ist.

Krimi Nr. 158

Das Ehepaar lag an dem Gestade.
Der Gatte dachte: „Oh, wie schade,
dass meine Frau so hässlich ist
und meistens auch nicht pässlich ist."

Die schönsten Frauen, jung und knackig,
schön braun gebrannt und halbwegs nackig,
flanieren vor ihm auf und ab,
da kommt sein Blutdruck arg auf Trab.

So fasst er endlich den Entschluss,
dass seine Alte sterben muss.
Schnell stopft er Sand in ihren Schlund,
das ist nicht wirklich sehr gesund.

Sie sträubt sich zwar, doch hilft es nicht –
er stopft noch mehr in ihr Gesicht.
Nach zehn Minuten ist sie tot.
Er wartet bis zum Abendrot,

vergräbt sie tief am Meeresstrand
und flüchtet über heißen Sand.

Krimi Nr. 159

Der Gatte ist ein feister Hahn,
fährt gerne mit der Geisterbahn.
Dort steht die Gattin, die Beate,
bereit mit einer Handgranate.

Kaum kommt der Wagen um die Ecke,
bringt sie ihn mit dem Ding zur Strecke.
Sie geht in Deckung, es macht „bumm",
dann ist sein kurzes Leben um.

Krimi Nr. 160

Der junge Mann ist schön und knackig,
doch unterm Regenmantel nackig.
Den Mantel lupft er gern und weit
beim Anblick holder Weiblichkeit.

Die Damen schreien laut und schrill,
was unser junger Mann so will.
Doch neulich, als er sich entblößte,
der Dame keine Furcht einflößte,

da kniff die Frau ihn wiederum
recht herzhaft schmerzhaft untenrum.
Dann zückte sie ein scharfes Messer –
was dann geschah, verschweig´ ich besser.

Der junge Mann ist zwar genesen,
doch niemals wieder Mann gewesen.

Krimi Nr. 161

Ein Arbeitsloser war es leid.
Er fühlte sich dazu bereit,
den Armutsstatus zu beenden
und viele Gelder zu entwenden.

Beträge unter zehn Millionen –
die würden sich für ihn nicht lohnen.
Doch Bargeld wird zu gut bewacht,
als dass man heut´ noch Beute macht.

Da fiel ihm schließlich etwas ein –
er würde schnell ein Reicher sein.
Der Kauf von Anzug und Krawatte,
das Kürzen seiner langen Matte,

dazu ein falscher Lebenslauf,
schon ging´s ins Management hinauf,
wo er nach einem guten Jahr
am Ziele seiner Wünsche war.

Er brauchte nicht Gewalt noch Waffen,
um sich Millionen zu beschaffen,
nur Menschen, die bei Schlips und Kragen
den Rest nicht weiter hinterfragen.

Er nahm die Kohle und verschwand
mit Bargeld satt zum Südseestrand.
Die Kannibalen, die dort hausten
und ihn mit Haut und Haar verschmausten,

sind glücklich, denn nun hat man hier
ganz kunterbuntes Klopapier.

Krimi Nr. 162

Sie sitzt dem Maler gern Modell,
denn dieser zeichnet Akt.
Sie ist jetzt 50, schwitzt so schnell
und ist drum gerne nackt.

Der Maler steht für sie verdeckt
an seiner Staffelei,
und neulich hat sie es entdeckt:
er zeichnet nicht dabei.

Vor lauter Wut packt sie den Pinsel,
stößt ihm den ins Gemächt,
vom Maler hört man kurz Gewinsel,
dann fühlt sie sich gerächt.

Krimi Nr. 163

Urlaub ist die schönste Zeit,
aber nicht für Adelheid,
denn da hat sie ihren Jochen
leider dauernd um die Knochen.

Hypochonder wie im Buche,
ist er ständig auf der Suche,
seine Leiden zu erkennen
und lateinisch zu benennen.

Seinen Körper untersuchen
und dann jammern oder fluchen,
das ist Jochens täglich Brot,
denn er fürchtet, er geht tot.

Jeder ärztliche Befund
sagt: der Kerl ist kerngesund.
Das kann Jochen nicht verstehen,
meint, man hat was übersehen

und fährt fort, auf Herz und Nieren
seinen Leib zu inspizieren.
Seit dem Urlaub auf Hawaii
ist es hiermit nun vorbei,

denn am Strand hat sie den Jochen
schließlich hinterrücks erstochen.
Fortgetragen von der Flut
wurd´ sein Körper – das war gut.

Diente einem Hai zum Fraß,
die Behörde sprach: „Das war´s.
Haiattacken sind alltäglich
 und die Witwe weint so kläglich –

nehmen wir nun diese Fakten
 ohne Fragen zu den Akten."
Adelheid ist frei und froh,
und die Haie ebenso.

Krimi Nr. 164

Auf einem Segelboot im Wasser
sitzt schlecht gelaunt ein Frauenhasser.
Bei Frauen sieht er immer rot,
er mag sie schweigsam oder tot.

Doch ist die Hälfte aller Leute
ein Teil der blöden Frauenmeute.
Drum segelt er bei jedem Wind,
weil dort nicht viele Frauen sind.

Die letzte traf er vor zwei Tagen
in Kopf und Schulter, Herz und Magen.
Nun hängt die Leiche unter´m Kiel,
was übrig bleibt, das ist nicht viel.

Den Rest verspeist ein großer Fisch,
für ihn ist´s ein gedeckter Tisch.
Der Segler holt die Leine ein
und freut sich aufs alleine sein.

Krimi Nr. 165

Die Kufe kratzt auf dünnem Eis,
vor lauter Panik läuft der Schweiß.
Der gute Freund aus Kindertagen
versicherte, das Eis würd´ tragen.

Nun ist er mitten auf dem See,
die Scholle bricht, der Kopf tut weh.
Die Kälte leckt an seinen Füßen –
das soll der alte Freund ihm büßen.

Jedoch, auch wenn er zügig läuft,
passiert es doch, dass er ersäuft.
Man kann ihn weder hör´n noch seh´n
bei seinem kalten Untergeh´n.

Er sinkt hinab ins dunkle Nass –
das macht beileibe keinen Spaß.
Die Wasserpflanzen zieh´n ihn fort,
das nennt man den perfekten Mord.

Krimi Nr. 166

Die U-Bahn rattert führerlos
durchs nächtliche Berlin,
der Fahrer spürt in seinem Schoß
ein Stechen und ein Zieh´n.

Er schaut nach unten und wird bleich,
er hat dabei entdeckt,
dass in den Teilen, welche weich,
ein großes Messer steckt.

Er haucht sein Leben langsam aus,
er sieht den Mörder nicht.
Der zieht zuerst das Messer raus,
dann zeigt er sein Gesicht.

Der Schaffner war´s, der hatte sich
beizeiten eingeschlichen
und so mit dem finalen Stich
noch eine Schuld beglichen.

Krimi Nr. 167

Der Totengräber macht ein Loch,
viel tiefer als gewöhnlich noch.
Er hat ´ne Leiche zu entsorgen,
muss eine fremde Grabstatt borgen.

Das macht er öfter, nicht nur heute,
verbuddelt heimlich tote Leute.
Wer jemals einen Menschen meuchelt
und Unschuld oder Trauer heuchelt,

der lässt die Leiche so verschwinden,
da wird man sie gewiss nicht finden.
Der Totengräber nimmt sein Geld,
und das Problem ist aus der Welt.

Krimi Nr. 168

Wieder einmal rief er an:
„Liebling, Arbeit steht noch an.
Brauchst für mich auch nicht zu kochen,
ich ess´ Bratwurst mit dem Jochen."

Jochen, wusste sie genau,
ist kein Mann, nein, eine Frau,
heißt in Wirklichkeit Clarissa,
denn dort ist er, dieser Pisser.

„Heute mache ich dich alle",
denkt sie und baut eine Falle.
Nächtens kommt er müd´ nach Haus,
löst dabei die Falle aus.

Dreht der Schlüssel sich im Schloss,
lockert sich ein Beilgeschoss,
welches von der Decke stürzt,
ihn um einen Kopf verkürzt.

Diese Tat war wirklich mutig,
allerdings auch ziemlich blutig.
Auf dem Blute rutscht sie aus,
liegt jetzt auch im Leichenhaus.

Krimi Nr. 169

Er tanzt begeistert mit Anette
beim Eiskunstlauf die Pirouette.
Erfolgreich sind sie und umjubelt,
ist alles echt und nicht gedoubelt.

Für ihn ist schon seit langem klar:
wir werden bald ein Liebespaar.
Anette aber will mitnichten
auf ihre heißen Flirts verzichten.

Sie sagt ihm abends matt und schwach,
sie bleibe nicht mehr lange wach.
Doch ohne ihres Partners Wissen
vergnügt sie sich in fremden Kissen.

Das hat sein bester Freund entdeckt
und ihm die Info gleich gesteckt.
„Du träumst wohl selig von Anette,
doch liegt sie gern in fremdem Bette.

Das wird wohl doch nichts mit euch beiden."
Das konnte er partout nicht leiden.
Beim Training ließ er sie vor allen
entsetzten Augen krachend fallen.

Er tat´s bewusst und mit Geschick –
sie brach sich knackend das Genick.
Er mimte glaubhaft Schock und Trauer,
und niemand war deswegen sauer.

Drum soll ein Mord auch wirklich taugen,
verübe ihn vor aller Augen.

Krimi Nr. 170

Mit dem Taser, den sie nahm,
legte sie den Gatten lahm.
Hilflos lag er auf der Matte,
so, wie sie es gerne hatte.

Noch ein Stromschlag, ein Erschauern,
doch sie spürte kein Bedauern.
Schließlich der finale Stoß
und sie war ihn endlich los.

Krimi Nr. 171

Jedes Jahr zur Weihnachtszeit
gibt es um den Christbaum Streit.
 Nichts ist seiner Anne recht,
 redet alle Bäume schlecht.

Fällt er eine schöne Fichte,
hat sie nicht genügend Dichte.
Nordmanntanne ist zu teuer,
simple Tanne nicht geheuer.

Dieses nörgelnde Gebaren
geht jetzt schon seit zwanzig Jahren.
Dieses Jahr ist er es leid,
hält die scharfe Axt bereit,

fällt mit einem Hieb die Anne –
Schluss mit Streit um eine Tanne.

Krimi Nr. 172

Der Nachbar ist verschwunden,
er wurde nie gefunden.
Es wurde wohl vermutet,
er sei vielleicht verblutet,

denn seine Gattin Edda
verkaufte ihren Schredder.
Der Schredder hat nicht viel gekostet,
sah aus als sei er arg verrostet,

jedoch der Schredder war noch gut,
was daran klebte, das war Blut.

Krimi Nr. 173

Der Chef stammt aus dem Örtchen Halver
und ist ein durchtrainierter Alpha.
Er meint, er habe immer Recht,
die Meinung anderer sei schlecht.

Die Mitarbeiter-Konferenzen
 darf niemals ein Kollege schwänzen.
Doch regt mal einer etwas an,
dann greift der Chef verächtlich an.

So hält ein jeder lieber stille,
denn das ist hier des Bosses Wille.
Der Chef kann auch nicht delegieren
und wenn, dann muss er kontrollieren.

So fühlt sich mancher wie entmündigt,
so dass er bald die Stelle kündigt.
Der Chef jedoch macht munter weiter,
steigt hoch auf der Karriereleiter.

Doch kommt es dann am guten Schluss
so, wie es immer kommen muss:
die Firma, welche schließlich pleite,
holt Investoren sich zur Seite.

Der alte Boss kriegt Provision,
den Mitarbeitern kürzt man Lohn,
und schon läuft unter neuem Namen
der gleiche Mist von neuem, Amen.

P.S.: man hat den Boss gefunden
mit Schlag-, Hieb-, Stich- und
              and´ren Wunden.
Tot lag er da und arg zerschunden.
Der Mörder wurde nie gefunden.

Krimi Nr. 174

Starkstromleitung brummt und surrt,
oben ist wer festgezurrt,
baumelt da, ist ganz verkohlt,
weil ihn niemand runterholt.

Kein Motiv ist zu ergründen
und der Mörder nicht zu finden.
Dieses war doch sonnenklar,
da er Auftragskiller war.

Krimi Nr. 175

Auf 'ner Kreuzfahrt Richtung Norden
will er seine Gattin morden.
Diese geht ihm auf den Wecker –
putzt nicht gut und kocht nicht lecker.

Abends in der Dunkelheit
packt er sie an ihrem Kleid.
In dem tiefen, kalten Fjord
wuchtet er sie über Bord.

Blasen blubbern auf am Heck,
und dann ist die Gattin weg.
Bleibt für ihn nur noch zu hoffen,
dass sie wirklich abgesoffen.

Leiche wurde nie entdeckt,
und das hatte er bezweckt.

Krimi Nr. 176

Der Chef, er ist ein arger Fiesling,
genießt die Frauen, Sekt und Riesling.
Das Personal, das fleißig knechtet,
wird schikaniert, gemobbt, entrechtet.

Die Sekretärin aber spricht
zu den Kollegen: „So geht´s nicht.
Ich kaufe eine Voodoo-Puppe,
was dann passiert, das ist mir schnuppe.

Ich teste, ob der Zauber nützt
und ob der Chef vor Qualen schwitzt".
Gesagt, getan, sie sticht nun recht
beherzt der Puppe ins Gemächt.

Zur gleichen Zeit ertönt ein Schrei –
der Spaß ist für den Chef vorbei.
Die Sekretärin sticht und sticht,
der Schmerz des Chefs, er endet nicht.

Am Ende muss er gar verkaufen,
ihm bleibt nur noch, sich zu besaufen.
Die Mitarbeiter stoßen an:
wie gut, dass man sich wehren kann.

Krimi Nr. 177

Der Gatte ist ganz schrecklich fromm,
auf dass er in den Himmel komm´.
Er ist ein Spießer und Pedant,
wie ihn die Welt noch nicht gekannt.

Auch soll die Gattin frommer werden –
sie hat die Hölle hier auf Erden.
So fasst sie schließlich den Entschluss,
dass nun ihr Gatte sterben muss.

Das findet sie auch gar nicht fies –
er kommt ja gleich ins Paradies.
So bringt sie freitags einen Fisch
mit gift´ger Sauce auf den Tisch.

Dem Beter schwinden bald die Sinne.
Die Gattin denkt: „Nun mach schon hinne!"
Ein dumpfes Stöhnen und er fällt –
er ist nicht mehr von dieser Welt.

Krimi Nr. 178

In dem netten Tanzlokal
ist zuweilen Damenwahl.
Mancher Herr jedoch ist schüchtern,
häufig auch nicht mehr ganz nüchtern.

Wenn die dicken Tanten kommen,
wird dann gern Reißaus genommen.
Ganz speziell die dicke Rita
stürzt sich gerne auf Klaus-Dieter,

welcher die Attacke wittert
und im Herren-Lokus zittert.
Rita kocht vor Rachedurst,
doch das ist Klaus-Dieter Wurst.

Leider hat er unterschätzt,
wie die Frau das Messer wetzt.
Rita folgt ihm auf das Örtchen
und begeht mal schnell ein Mördchen.

Übersät mit Messerwunden
wurde er im Klo gefunden.
Rita sitzt seitdem im Knast,
wo sie nun die Männer hasst.

Krimi Nr. 179

Ein Mann erwartete vergebens
für seine Frau das End´ des Lebens.
Er hoffte dreißig lange Jahre,
dass sie nun bald zur Hölle fahre.

Doch war sie stets gesund und munter -
er rutschte ihr den Buckel runter.
Da wurde es ihm doch zu dumm –
er brachte seine Gattin um,

dann ging er ohne jede Hast
ganz gern zum Chillen in den Knast.
Er hatte Unterkunft und Essen
und seine Gattin schnell vergessen.

Krimi Nr. 180

Herr K. aus M. baut eine Hütte
direkt in seines Gartens Mitte.
Das Fundament hat er gegossen
mit Hilfe seiner Artgenossen.

Ein jeder hatte Marschgepäck –
die Schwiegermütter mussten weg.
Die Leichen wurden erst zersägt
und daraufhin ins Loch gelegt.

Nun schlummern sie, und diesmal friedlich,
gegossen in Beton – wie niedlich!

Krimi Nr. 181

Er steht am Abgrund, ist bereit
zum Absprung in die Ewigkeit.
Der Suizid erscheint ihm richtig,
denn seine Ehe ist null- und nichtig.

Da zögert er und dreht sich um –
sich selbst zu töten ist doch dumm!
Er tippt sich lachend an die Stirn:
„Mensch, Junge, hast du denn kein Hirn?

Viel besser, als hier abzuspringen
ist doch, die Gattin umzubringen."
Er rennt nach Hause, zückt das Messer,
ersticht die Gattin – so ist´s besser!

Krimi Nr. 182

Die Krankenschwester schleicht wie immer
sich nächtens in Patientenzimmer.
Placebos tauscht sie gegen Pillen,
um später ihren Mann zu killen.

Die Kranken sind auch so genesen,
der Mann ist nachher tot gewesen.

Krimi Nr. 183

Das Töchterchen ist arg verschossen
in einen Mann und hat beschlossen,
der sei für sie der Mann des Lebens.
Die Mutter warnt sie, doch vergebens.

Nach kurzer Zeit wird beiden klar,
dass dieser Kerl ein Fehltritt war.
Zum Fiesling ist er schnell geworden,
da hilft nur eines: ihn ermorden!

Jedoch, wie stellt man dieses an,
wenn man doch keinem wehtun kann?
Die Mutter fasst sich dann ein Herz –
doch sterben soll er ohne Schmerz.

In seinem Krug mit Malz und Hopfen
verabreicht sie ihm Knockout-Tropfen.
Dann öffnet sie ihm seinen Mund
und gießt Domestos in den Schlund.

Da er bewusstlos, schluckt er brav
und stirbt ganz schmerzlos sanft im Schlaf.

Krimi Nr. 184

Der Bestatter hat´s nicht schwer,
er verdient was nebenher,
denn die Mörder der Region
kennen seinen Service schon.

Eine Leiche zu entsorgen?
Kein Problem und keine Sorgen.
Der Bestatter schafft für Geld
jede Leiche aus der Welt.

Ohne viel Brimborium
geht´s zum Krematorium.
Dort wird nächtens „schwarz" gebrannt,
Opfernamen unbekannt.

Und die Asche, die entsteht,
landet flugs im Blumenbeet.
So gehört dank dieser Leichen
der Bestatter zu den Reichen.

Krimi Nr. 185

Auf rote High Heels fiel die Wahl,
mit einem Absatz ganz aus Stahl.
Mit Hilfe solcher schöner Waffen
ist jeder Mord mit links zu schaffen.

Auch Spritzer von des Opfers Blut
erkennt man auf dem Rot nicht gut.
Sechs Männer hat sie schon gekillt,
doch ist ihr Blutdurst nicht gestillt.

Es fehlt ihr jetzt nur noch der siebte,
den sie, wie alle, früher liebte.
Auch dieser muss, so wie die andern,
aus Eifersucht ins Jenseits wandern.

Dann hat die arme Seele Ruh´.
Von nun an trägt sie flache Schuh´.

Krimi Nr. 186

Gisela ist schön und schlank,
überfällt mal schnell die Bank,
und als attraktive Frau
macht sie das besonders schlau.

Kleidung bleibt zu Hause liegen,
nackt lässt sie die Hüften wiegen,
legt die Brüste auf den Schalter,
zieht die Knarre: „Geld raus, Alter."

Der Kassierer ist geblendet
und schon ist das Geld entwendet.
Alle Männer sieht man starren,
unbewegt am Platz verharren

Niemand schaut in ihr Gesicht,
Fahndungsbilder gibt es nicht.
Gisela ist unerkannt
schnell zurück nach Haus gerannt,

zählt das Geld in aller Ruhe –
und es reicht für viele Schuhe.
Ausgelacht wird der Kassierer,
denn heut´ ist er der Verlierer.

Krimi Nr. 187

Mein Gatte kam mir fies vor,
drum versenk´t ich ihn in Wiesmoor.
Im Moorloch ist er schnell verschwunden,
und niemand hat ihn je gefunden.

Krimi Nr. 188

Es döste der Ostfriese
zufrieden auf der Wiese.
Da kam erbost die Ehefrau
und sagte nur: „Du faule Sau."

Erstach ihn mit ´nem Messer,
dann ging´s ihr wieder besser.

Krimi Nr. 189

Im Orbit kreist die Raumstation
in Windeseile um die Erde.
Das ist für Astronauten schon
´ne ganz gehörige Beschwerde.

Man hat dort oben kein Gewicht,
kann leider nicht mal eben lüften,
auch richtig essen kann man nicht,
ist stets umgeben von den „Düften",

die alle dort so von sich lassen –
und der Gestank ist richtig fies.
Das kann ein Astronaut schon hassen,
was einer sich nicht bieten ließ.

Er lockte seinen Kameraden,
den Stinker, heimlich in die Schleuse,
und flutete mit gift´gen Schwaden
das abgeschottete Gehäuse.

Dann öffnet´ er das Außenschott
und ließ den Stinker sanft entschweben.
Der Kommandant rief: „Oh, mein Gott,
was muss man alles so erleben!"

Er stieß den Mörder hinterher
und meldete zur Erde:
zwei Astronauten gibt´s nicht mehr,
verschollen, Ende, Merde.

Krimi Nr. 190

Sprach der Mann: „Ich lass' mich scheiden,
denn ich kann dich nicht mehr leiden."
Sprach die Frau: „Das find' ich Scheiße."
Und versenkt' ihn in der Neiße.

Krimi Nr. 191

Der Jäger hat gerad' im Wald
ein riesen Wildschwein abgeknallt.
Er trägt es heim auf seinem Rücken,
um es dort heimlich zu verdrücken.

Die Gattin aber zetert laut:
„Du hast gewildert und geklaut!"
Der Jäger hebt die Flinte an
Und zielt auf seine Frau sodann.

Sie ist auf einmal still vor Schreck –
er pustet ihr die Birne weg.
Er konnte sie auch nicht mehr leiden
und fängt nun an, sie auszuweiden.

Im Keller hängt jetzt eine Sau
Und gleich daneben seine Frau.

Krimi Nr. 192

Der Pfarrer ist besonders stolz
auf seine Kripp´ aus Eichenholz.
Maria und auch Josef sind
so lebensgroß wie´s Jesuskind.

Auch Hirten gibt´s mit ihren Tieren
und Tannen, die die Krippe zieren.
Ein schönes Bild zur Weihnachtszeit,
das die Gemeinde sehr erfreut.

Jedoch beginnt nach ein paar Tagen
So mancher Gläubige zu klagen:
„Es stinkt im Tempel überall –
ganz intensiv jedoch am Stall."

Der Pfarrer solle recherchieren
in seiner Kripp´ nach toten Tieren,
nach Unrat oder and´ren Sachen,
die solche üblen Düfte machen.

Der Pfarrer schaut genauer hin,
ob Müll in seiner Krippe drin.
Er leuchtet hell in alle Ecken
und muss zu seinem Schock entdecken:

statt seines Josefs, der aus Eiche,
steht dort ganz offen eine Leiche.
Die hat man hier sehr klug versteckt:
für jeden sichtbar, unentdeckt.

Der Pfarrer holt die Polizei
und den Bestatter gleich herbei.
Die Leiche nimmt man mit hinaus
und sprüht die ganze Krippe aus.

Nun fehlt der Josef, so ein Mist,
obwohl das realistisch ist.
Alleinerziehend, arm, frustriert –
Wie´s Müttern heut´ ja oft passiert,

so steht Maria in dem Stall
und die Gemeinde lacht mit Schall.

Krimi Nr. 193

Als Haushaltshilfe treu ergeben
war sie ein ganzes langes Leben
den Pfarrern von Sankt Isidor –
nun steht die Rente ihr bevor.

Sie hatte stets darauf geachtet,
dass keine Frau den Chef anschmachtet.
Sie hatte für Moral gekämpft,
des Pfarrers Libido gedämpft.

Sie mischte Pillen in sein Essen,
hat dies nicht einen Tag vergessen.
Nun macht sie sich gehörig Sorgen –
wer übernimmt das jeden Morgen?

Zwei Frauen stehen nur zur Wahl:
die eine, voller Unmoral,
zu jung, zu hübsch, wie soll das gehen,
wie soll der Chef da widerstehen?

Die andere ist dick und hässlich
Und deshalb sicher auch verlässlich.
Der Pfarrer wittert seine Chancen
und macht der jungen Frau Avancen.

Die alte Haushaltshilfe schäumt –
das hatte sie sich nicht erträumt.
Sie ist besorgt um Pfarrers Seele –
nicht, dass die junge Frau sie stehle.

Drum hat sie mitten in der Nacht
sich heimlich auf den Weg gemacht.
Natürlich hat sie keine Waffen.
Der Umstand macht ihr schwer zu schaffen.

Die Stützstrumpfhose, fällt ihr ein,
könnt´ eine gute Waffe sein.
Sie stellt sich hinter eine Hecke,
entkleidet sich in dem Verstecke,

zieht ihre Stützstrumpfhose aus
und nähert sich dem Opferhaus.
Es ist nicht schwer, dort einzudringen
und ihre Waffe anzubringen.

Die junge Dame ist erschrocken
und wehrt sich gegen Stinkesocken.
Doch diese sitzen fest und stramm –
der Tod kommt schnell, schon ist sie klamm.

Der Pfarrer kriegt die Dicke halt,
und diese stellt ihn weiter kalt.

Krimi Nr. 194

Schellte doch der Nikolaus
an der Tür vom Nachbarhaus.
Hatte einen Sack aus Jute,
hinterm Rücken eine Rute.

Kinder gab es dort zwar keine,
doch die Frau war oft alleine.
Nikolaus betrat das Haus,
dann ging die Beleuchtung aus.

Eine knappe Stunde später
ging er fort, der Schwerenöter.
Eine Woche ging das Spiel,
was den Nachbarn sehr gefiel.

Dann jedoch betrat der Gatte,
weil er was vergessen hatte,
sein verdunkeltes Gemäuer,
und das war ihm nicht geheuer.

Leise fiel die Tür ins Schloss,
dann ein Knall, als jemand schoss.
Nachbar rief die Polizei,
und die eilte gleich herbei.

Doch so sehr die Bullen suchten,
Frau verhörten, drohten, fluchten,
nicht im Keller, nicht in Ecken
war die Leiche zu entdecken.

Aber auch der Nikolaus
fand sich nicht mehr in dem Haus.
In des Nachbarn hoher Eiche
saß er nämlich mit der Leiche.

Als die Bullen wieder weg,
kroch er leis´ aus dem Versteck
und begann mit Beil und Sägen
den Erschoss´nen zu zerlegen.

Plastik drum, damit´s nicht tropft,
und dann in den Sack gestopft,
ging es schnell zum nahen Forst,
denn da hauste Keiler Horst.

Zügig ging des Sackes Leerung,
und dann hatte Horst Bescherung.

Krimi Nr. 195

Der Schornsteinfeger, jung und schön,
schellt an, die Therme anzuseh´n.
Der Abgastest ist schnell gemacht,
die Hausfrau hat ihn angelacht

und seine Glut ist nicht zu stoppen,
so fängt er an, die Frau zu ... küssen.
Der Gatte kommt zu früh nach Haus
und findet den Betrug heraus.

Wie kann der schwarze Mann dies wagen?
Er packt den Feger fest am Kragen.
Der aber weiß sich wohl zu wehren,
ist stark und fit vom vielen Kehren.

Er packt den Hausherrn mit Geschick
und bricht ihm knirschend das Genick.
Damit der nicht im Keller modert,
kommt er ins Feuer, welches lodert.

Das Haus ist nun behaglich warm.
Der Schornsteinfeger und sein Schwarm
sind beide seit dem Tag verschwunden
und wurden nie mehr aufgefunden.

Krimi Nr. 196

Uschi in den Wechseljahren
möchte nochmal Sex erfahren,
denn zu Hause läuft es flau,
und sie ist ´ne tolle Frau.

Mit den Männern, die sie kennen,
möchte sie jedoch nicht pennen.
Einen Callboy bucht sie schnell
und ein Zimmer im Hotel.

Frohgelaunt macht sie sich nackig,
wartet auf den Boy, der knackig.
Da – es klopft, sie ruft: „Herein!"
Nein, das kann ja wohl nicht sein!

Vor ihr steht in voller Pracht
Nachbar Karl, der Schwarzgeld macht.
Diesem bleibt vor lauter Schreck
nicht allein die Spucke weg.

Auf die Fliesen stürzt er schwer,
und der Karl, er ist nicht mehr.
Aus der Wunde quillt das Blut.
Uschi denkt: „Das ist nicht gut."

Doch wohin mit seiner Leiche?
Erstmal in den Schrank aus Eiche.
Und den Schlüssel spült sie munter
schleunigst im WC hinunter.

Danach checkt sie wieder aus
Und begibt sich schnell nach Haus.
Erst nach Tagen, weil es stank,
fand man Karl im Eichenschrank.

Und die Polizei befand:
Er starb nicht durch fremde Hand.
Uschi aber ist jetzt bieder-
Callboys sind ihr echt zuwider.

Krimi Nr. 197

Sie schleppte ihren Gatten Klaus
gar viel zu oft ins Möbelhaus.
Dort musste er zur Probe sitzen,
beim Möbelschleppen richtig schwitzen.

Zu Hause ging der Stress dann weiter –
der Möbelaufbau war nicht heiter.
Er legte sorgsam Loch auf Loch,
die Schrauben dreh´n mit Inbus, doch

am Ende stand es meistens schief,
so dass er laut zum Himmel rief:
„Die Möbel aus dem Schwedenhaus,
die werfe ich zum Fenster raus!"

Die Gattin aber fand sie toll:
viel Stauraum, bunt und stimmungsvoll.
Sie quälte ihn und ließ nicht locker.
Ob Deko, Decken, Tische, Hocker –

er musste mit und alles schleppen
und machte sich dabei zum Deppen.
Doch eines Tages war´s genug,
war mehr als er nun noch ertrug.

Den Inbus packt er voller Zorn,
sticht ihr das Auge aus von vorn,
zerschrammt ihr noch Gesicht und Hals,
das and´re Auge ebenfalls.

Ein Stich noch in die Halsschlagader –
der Gattin Teint wird blasser, fader,
und schließlich sackt sie mausetot
auf einen Teppich, welcher rot.

Er knickt sie an der Hüfte ein
Und rollt sie in den Teppich ein.
Ein Müllsack drum und vakuumiert,
wird sie im Stauraum einquartiert.

Die nächste Fahrt zum Möbelhaus
Fällt mangels Gattin leider aus.

Krimi Nr. 198

In dem Garten hinter´m Haus
sät sie ihre Kräuter aus.
Allesamt sind diese giftig,
und der Grund dafür ist triftig.

Werden doch genügend Frauen
noch von ihrem Mann verhauen.
Hat sie Kenntnis von dem Bösen,
kann sie jede Frau erlösen.

Leise schleicht sie in den Garten,
erntet von dem Kraut, dem zarten
und gewinnt daraus das Gift,
das den bösen Gatten trifft.

Weil sie´s ständig anders macht,
schöpfte niemand je Verdacht.
Seit die Schläger am Verrecken,
heilen nun die blauen Flecken.

Viele Frauen atmen auf –
ja, das ist der Rache Lauf.

Krimi Nr. 199

Gerne hab´ ich dich geküsst,
weil du doch mein Liebster bist.
Leider mangelt´s dir an Treue,
darum, lieber Mann: BEREUE!

Wie? Nun machst du mit mir Schluss?
Kriege keinen Abschiedskuss?
Fährst mit mir die Tour, die harte?
Das wirst du bereuen, warte!

Siehst du diese Nagelfeile?
Damit stech´ ich ohne Eile
dir ins Auge, du wirst heulen
und ich werde weiter keulen.

Sprüh´ dir Essig ins Gesicht,
den verträgt dein Auge nicht.
Voller Schmerz gehst du zu Boden,
trete dir in deine … Wampe.

Hat der Schmerz dich in den Klauen,
werde ich dich arg verhauen,
und danach mit Laser blenden,
dann dein Leben schnell beenden.

Wie? Das schaffe ich ganz locker,
nehme den Elektroschocker.
Das ist grausam? Ja, genau,
denn ich bin ja eine Frau…

Krimi Nr. 200

Fünfzehn Jahre und drei Tage
ist ihr Gatte eine Plage.
Statt Romantik, Lust und Liebe
gab es stets von ihm nur Hiebe.

Jahrelang hat sie´s ertragen
ohne Murren, ohne Klagen.
Damit ist nun endlich Schluss,
weil er heute sterben muss.

Abends sagt er stets: „Ich husche
schnell noch einmal in die Dusche."
Diese hat sie präpariert
und mit Butter eingeschmiert.

Als der Gatte sich entblättert
und ein kleines Liedchen schmettert,
sitzt sie fröhlich auf der Couch
in Erwartung seines „Autsch".

Und schon hört sie, wie er flucht
und nach Halt und Stütze sucht.
Heftig knallt er mit dem Kopf
auf den Armaturenknopf.

Seinen Atem hört sie rasseln
und das heiße Wasser prasseln.
Fröhlich reibt sie sich die Hände –
mit dem Gatten geht´s zu Ende.

Wasser rauscht und wäscht das Blut
und die Butter fort – wie gut!
Bühne frei für 112,
Sanitäter eilt herbei.

Hilfe kann er nicht mehr geben,
doch die Witwe kann jetzt leben.

Krimi Nr. 201

Wieder einmal im Advent
hat er seine Pflicht verpennt.
Lichterketten noch verknäult,
seine Gattin tobt und heult:

„Jedes Jahr der gleiche Mist,
weil du so ein Schussel bist.
Auch der Baum noch nicht geschlagen,
tja, da muss ich mich doch fragen…

Doch bevor der Satz zu Ende,
drückt er leise und behände
ihr mit Kraft die Kehle zu
und hat endlich seine Ruh´.

Krimi Nr. 202

Opa Heinrich ist zwar alt,
aber lange noch nicht kalt.
Hat im Hintern stets noch Hummeln,
will bei Oma Inge fummeln.

Die ist aber nicht so fit,
macht das nicht mehr gerne mit.
Deshalb gibt sie ihm zu tun,
das lenkt ab und sie kann ruh´n.

Neuestes Projekt soll sein:
bau mir einen Aufzug ein.
Opa fängt gleich an zu buddeln
und vergisst dabei das Knuddeln.

Oma Inge, hocherfreut,
hat nun eine ruhige Zeit.
Aber Opa ist sehr rege,
bringt noch einiges zuwege.

Und so ist es bald vollbracht:
Fertig ist der Aufzugsschacht.
„Hab´ geschuftet ohne Schonung,
möchte dafür die Belohnung",

wagt der Opa es zu sagen.
Das kann Oma nicht ertragen.
Opa hat hier keine Chance
und verliert die Contenance.

Oma Inge kann´s nicht glauben –
sieht den Heinrich wütend schnauben.
Dieser hat sie sich geschnappt
und im Aufzugsschacht verklappt.

Schüttet Estrich hinterher,
und man sieht von ihr nichts mehr.
Die Kabine wird montiert,
bald läuft alles wie geschmiert.

Oma ist und bleibt verschwunden,
wurde niemals aufgefunden.

Krimi Nr. 203

Er springt ganz gern beim Tanztee ein,
denn keine Frau tanzt gern allein.
Sie braucht schon einen Mann zum Führen
und um sich echt als Frau zu spüren.

Die Gatten tanzen leider nie,
sie haben „Rücken" oder „Knie".
So tanzt er Tango, Walzer, Rumba,
trinkt in den Pausen gern Lumumba,

verbringt den Sonntag mit den Frauen,
derweil die Gatten Fußball schauen.
Seit einem Jahr geht das schon so.
Er machte viele Damen froh.

Man munkelt, dass nicht nur beim Twist
er Damen gern behilflich ist.
Doch leider sehen das die Herrn
auf Dauer dann wohl doch nicht gern.

Sie treffen sich, um zu besprechen,
wie sie sich wohl am besten rächen.
Sie kommen alle zu dem Schluss,
dass man ihn liquidieren muss.

„Da bin ich aber nicht dabei",
sagt einer, „Riesensauerei".
Der nächste sagt: „Komm, sei ein Mann.
Es kommt auf die Methode an."

Ein Chemiker steht auf und spricht:
„Das ist so problematisch nicht.
Wir legen ihn in Säure ein,
das wird doch wohl nicht schwierig sein."

Direkt nach seinem letzten Tanz
betäuben sie den Gegner ganz,
um ihn ins Säurebad zu stippen
und dann die Brühe wegzukippen.

Den Damen fehlt der Tänzer nun,
da muss es halt ein Reigen tun.

Krimi Nr. 204

Abends auf dem Sofa chillen
Und ein kühles Bierchen killen,
Füße hoch und Glotze an –
Glücklich, wer das machen kann.

Auch Karl-Heinz erträumt sich das,
doch die Ruth versteht kein´ Spaß.
Jede Fläche ist vergeben
an die Puppensammlung eben.

Schön drapiert und frisch gekämmt,
zwischen Kissen eingeklemmt,
hockt die Schar aus Porzellan
und blickt starr die Decke an.

Für Karl-Heinz ist dort kein Platz.
„Setz dich in die Küche, Schatz",
schickt ihn Ruthchen ins Exil –
bald wird es Karl-Heinz zu viel.

Häufig nimmt er schon Reißaus,
trinkt sein Bier bei Kumpel Klaus
oder sitzt bei Heinz im Garten,
kloppt mit seinem Kumpel Karten.

Aber manchmal will er eben
einfach nur zu Hause leben.
Neulich ist es dann passiert:
Puppen hat er massakriert,

ihre Köpfe abgerissen
und sie in den Müll geschmissen.
Ruthchen steht wie angewurzelt,
als die letzte Puppe purzelt.

Doch Karl-Heinz ist nicht zu stoppen,
muss die Puppenmorde toppen.
Greift sich Ruth und wirft sie auch
in des Müllcontainers Bauch.

Ruth ist nicht herausgekrochen,
das Genick, es ist gebrochen.
Für die Polizei war klar,
dass dies nur ein Unfall war.

Und Karl-Heinz lebt puppenfrei
und es geht ihm gut dabei.

Krimi Nr. 205

Täglich fährt er seinen Bus –
nicht, aus Spaß, nein – weil er muss!
Findet, manche Passagiere
führ´n sich schlimmer auf als Tiere.

Hinterlassen ihren Dreck,
abends putzt er alles weg.
Viele Leute gibt´s, die pöbeln,
und er darf sie nicht vermöbeln.

Gern bemalen sie die Sitze
und zerstören sie durch Schlitze.
Auch Besoff´ne, die nur motzen
und dann auf die Sitze kotzen –

all das ist er mit der Zeit
aber mal gehörig leid.
Doch was tut man hinter´m Steuer?
Guter Rat ist oftmals teuer.

Doch zum Glück gibt´s Edelgard,
die war früher Bodyguard,
ist seit kurzem pensioniert
und genervt, was so passiert.

Täglich sitzt sie nun im Bus
Und verhindert den Verdruss.
Jeder, der sich nicht benimmt,
wird von Edelgard vertrimmt.

Einen, der sich gar erbrochen,
hat sie kurzerhand erstochen.
Deshalb kam die Polizei,
und die Hilfe war vorbei.

Edelgard sitzt hinter Gittern,
Pöbler müssen nicht mehr zittern.
Für den Fahrer war´s kein Nutzen,
muss jetzt auch noch Blut wegputzen.

Krimi Nr. 206

Seines Nachbarn großer Köter
ist ein rechter Schwerenöter,
löscht im Swimmingpool den Durst,
klaut beim Grillen manche Wurst.

Herrchen tut dazu das Seine –
lässt ihn laufen ohne Leine.
Nachbarn haben drum beschlossen:
dieser Köter wird erschossen!

Herrchen aber hat´s gehört,
ist natürlich ganz empört.
Sperrt den Hund, die große Plage,
in den Zwinger für drei Tage.

Währenddessen geht er shoppen,
denn die Nachbarn muss er stoppen.
Kauft sich wacker ein Gewehr,
denn die Zeit, sie drängt schon sehr.

Nachbarn liegen auf der Lauer,
und ein jeder ist schon sauer.
Weder Herrchen noch sein Tier
sind zu sehen im Visier.

Plötzlich gibt es einen Knall,
und ein Nachbar kommt zu Fall.
Als der Nächste kommt gerannt,
kriegt auch der den Pelz verbrannt.

Bis die Nachbarn dies kapiert,
sind schon zehn davon krepiert.
Leichen stapeln sich in Haufen,
Herrchen lässt den Köter laufen.

Dieser schlürft der Nachbarn Blut,
und das schmeckt ihm sichtlich gut.
Endlich kommt die Polizei
mit dem SEK herbei.

Hund wird schließlich doch erschossen,
Herrchen sicher eingeschlossen.

Krimi Nr. 207

Vierundzwanzig Jahre lang
war ihr vor dem Gatten bang.
Seine Faust saß ziemlich locker,
haute sie schon oft vom Hocker.

Silberhochzeit steht nun an,
was sie gar nicht leiden kann.
Diesen Tag will sie vermeiden
und auch nicht mehr länger leiden.

Darum strebt sie zu erlernen,
ihren Gatten zu entfernen.
Ihre Freundin, die Marie,
ist versiert in Pharmazie,

kennt die Gifte, die letal,
und es ist ihr auch egal,
was die Freundin damit macht,
wenn sie nur bald wieder lacht.

Stellt ihr in der Weihnachtszeit
eine Menge Gift bereit.
Vierundzwanzig kleine Gaben,
daran soll er sich nur laben.

Diese Dosen sind am Ende
für ihn tödlich – Schluss, aus, Ende.
Heiligabend ist´s so weit –
Gift, es wirkt, sie ist bereit.

Des Kalenders letztes Kläppchen
haut ihn vollends aus den Schläppchen,
und mit einem letzten Röcheln
sieht sie ihn am Boden schwächeln.

Schließlich hat er, nach drei Stunden,
schmerzhaft seinen Tod gefunden.
Sanitäter kann nichts tun –
still soll seine Leiche ruh´n.

Erste Weihnacht ohne Gatte
ist das schönste, das sie hatte
in den letzten langen Jahren.
Wird jetzt mal in Urlaub fahren.

Krimi Nr. 208

Der Autor fährt durchs Sauerland
Und macht sein neues Buch bekannt.
Er macht Station in vielen Orten
Und liest mit einstudierten Worten

Den Hörern vor aus der Geschicht´,
die Spannung steigt, dann sagt er schlicht:
„Bis hierher les´ ich und nicht weiter."
Es steht schon einer auf dann schreit er:

„Das können Sie mit uns nicht machen –
Was Sie da tun, sind halbe Sachen!
Sie lesen jetzt, und ich bestehe,
das Ende der Geschicht´ und wehe,

Sie stoppen wieder mittendrin,
dann, lieber Autor, sind Sie hin!"
Der aber weigert sich, verständlich,
verkaufen will er doch letztendlich.

Der Hörer aber tobt und schreit
und ist sogar gewaltbereit.
Es kann ihn niemand mehr bezwingen –
er schafft´s, zum Autor vorzudringen.

Er sticht mit einer spitzen Zange
in die Arterie, fest und lange.
Der Autor schreit, es spritzt das Blut,
das Publikum gerät in Wut.

Bald ist das Chaos schon perfekt,
was wiederum den Mörder deckt.
In dem Tumult ist er entkommen
und hat sich noch ein Buch genommen.

Der Autor ist dann schnell gestorben,
so war die Lesung zwar verdorben,
doch hat sein Buch es über Nacht
ganz locker auf Platz eins gebracht.

Drum merke dir: Erfolg kommt dann,
wenn man ihn nicht mehr brauchen kann.

Krimi Nr. 209

Ein Griesgram sitzt zu Hause rum –
die Zeit wird lang und geht nicht um.
Er hat kein Hobby, keine Freunde,
doch eine ganze Menge Feinde.

Wenn in der Zeitung etwas steht,
wobei´s um Lebensfreude geht,
um Sport, Spiel, Spannung und Vergnügen,
greift er zum Stift, um dies zu rügen.

Schreibt Leserbriefe alle Tage
und wird dabei zur echten Plage.
Er meint, die Welt sei bös und schlecht,
kein Mensch vernünftig und gerecht.

Es dauert deshalb gar nicht lang,
da wird ihm selber angst und bang –
ein Leser hat es einfach satt,
dass dieser Mensch ´ne Plattform hat.

Er lauert ihm im Dunkeln auf,
so nimmt das Unheil seinen Lauf.
Er hat den Griesgram in der Nacht
um seine Existenz gebracht.

Am Morgen wird er aufgefunden:
gewürgt, geschlagen, tot, zerschunden.
Das kommt noch in die Zeitung rein.
Ein letztes Mal im Fokus sein.

Krimi Nr. 210

Der Dieter fährt in seinem Benz
und frönt dort gern der Flatulenz.
Doch öffnet auch an and´ren Orten
er gerne seine Hinterpforten.

Die Leute fühlen sich gestört
und reagieren meist empört,
wenn er, so wie ein and´rer hustet,
die Gülle in die Umwelt pustet.

Tja, Rücksichtnahme ist ihm fremd,
er pupst und stinkt ganz ungehemmt.
Bald können auch schon seine Blagen
die Stinkerei nicht mehr ertragen.

Noch nicht einmal bei den Kollegen
kann er den Darm zur Ruhe legen.
Die haben kurzerhand beschlossen:
der Dieter wird zwar nicht erschossen,

doch werden wir ihn nun ertränken
und ihm das ew'ge Furzen schenken.
Sie schmeißen ihn in dunkler Nacht
in eines Bauern Gülleschacht.

Gefunden wurde Dieter nicht,
denn die Kollegen halten dicht.
Im Gülleschacht kann er verderben.
Tja, wer so stinkt, der muss halt sterben.

Krimi Nr. 211

Fischers Fritz kam in die Jahre,
und das Zipperlein begann,
doch er dachte: „Gott bewahre,
fang jetzt nicht zu klagen an,

denn ich kann mich noch bewegen,
denken kann ich auch noch klar –
all das ist ja wohl ein Segen,
und das find´ ich wunderbar."

Leider war im Freundeskreis
dies nicht wirklich populär,
und er dachte: „So ein Scheiß,
unterhalten wird jetzt schwer."

Statt sich Schönes zu erzählen
oder einfach mal zu lachen,
wollte jeder ihn nur quälen
mit diversen Krankheitssachen.

Schmerzen hier, Wehwehchen da,
nur noch Stöhnen, Klagen, Humpeln,
das war nicht mehr was es war,
nein, kein Spaß mehr mit den Kumpeln.

Häufig machte Fischer Fritz,
denn zu schön fand er das Leben,
einen richtig guten Witz,
doch der ging meist nur daneben.

Um nicht selber zu versauern,
fing er an sich zu betrinken,
doch das konnt´ nicht ewig dauern,
und es fing an, ihm zu stinken.

Deshalb mied er Bier und Wein,
und er fasste den Entschluss:
wer das Klagen nicht lässt sein,
dass der zügig sterben muss.

Und es dauerte nicht lange,
da war schon der erste weg.
Seine Kumpels waren bange,
dann der zweite, welch ein Schreck.

Statt sich endlich zu besinnen
und das Leben wertzuschätzen,
konnt´ er wieder nicht entrinnen
dem Gestöhn an allen Plätzen.

Also fuhr er weiter fort,
seine Freunde hinzumeucheln,
denn er wollt´ mit keinem Wort
Spaß an ihren Klagen heucheln.

Schließlich waren alle hops,
Fischers Fritz war ganz allein,
kaufte einen dicken Mops,
dieser sollt´ sein Kumpel sein.

Beide lebten manches Jahr
noch gemeinsam ohne Klagen,
bis auch Fritz gestorben war,
Mops musst´ ihn zu Grabe tragen.

Krimi Nr. 212

Sie sprach: „Du isst ab jetzt vegan."
Er sagte: „Tu mir das nicht an."
„Doch", sagte sie, „kein Fleisch, kein Fisch,
nix Tierisches kommt auf den Tisch."

„Wie?", schrie er, „auch kein Frühstücksei?"
„Oh nein, die Zeiten sind vorbei."
Er hatte gar nichts mehr zu sagen –
es gab Veganes schon seit Tagen.

Nix ordentliches auf dem Teller –
ihm schwoll der Kamm nun immer schneller.
Die Pommesbude in der Stadt
bekam ihn endlich wieder satt,

doch brachte Fleisch er mit nach Haus,
so warf sie es zum Fenster raus.
Die Wut war bald schon riesengroß,
der Rachedurst ließ ihn nicht los.

Sie ließ ihn hier direkt verschmachten,
drum plante er, sie bald zu schlachten.
Er schlug sie mit dem Hammer nieder,
dann trennte er die Körperglieder,

die Rippen und die Innerei´n
und fror sie in der Kühltruhe ein.
Er lud die Freunde ein zum Grillen.
Es gab ein kühles Bier beim Chillen.

So lecker hatte es seit Wochen
bei ihm zu Hause nicht gerochen.
Die Freunde waren ganz erpicht –
So gutes Fleisch gab´s lange nicht.

Ein jeder haute kräftig rein,
das fand er gut, so sollt´ es sein.
Die Männer brauchten nicht Salat,
Gemüse nicht, das fand man fad.

Als alle Kohlen ausgebrannt
und sich kein weit´res Fleisch mehr fand,
da gingen alle satt nach Haus,
und er? Er macht´ die Kühltruhe aus,

denn seine Frau, die er zerhackt,
befand sich im Verdauungstrakt
und bald auf vielen Männerhüften –
das Rätsel würde niemand lüften.

Er lebte fortan ohne Frust
ganz offen für die Fleischeslust.
Den Frauen blieb er lieber fern,
die hatte er nicht mehr so gern.

Krimi Nr. 213

Es fertigte der Zuckerbäcker
Konfekt, das schmeckte äußerst lecker.
Besonders seine Schwiegermutter,
die außerdem noch gut im Futter,

verspeiste seine Leckerei´n
und warf sie ohne Kauen ein.
Das regte den Konditor auf –
so nahm das Schicksal seinen Lauf.

Er mischte eine Füllung an,
die keiner überleben kann.
Kaum hatte sie das Praliné
geschluckt, da tat der Bauch ihr weh,

und kurz darauf ist sie verreckt.
Tja, hätte sie nicht so geschleckt.

Krimi Nr. 214

Zwei Frauen, alt, die eine krank,
die zweite fit noch, Gott sei Dank,
beschlossen: sollte eine sterben,
so würde stets die and´re erben.

Das Dumme bei den Frauen war
dass gar nichts dort zu erben war.
Sie waren alle beide blank,
nur wenig Geld lag auf der Bank.

Doch als die erste kam zu Tode,
fand ihre Freundin DIE Methode:
vertuschte einfach ihren Tod,
begrub die Leich´ im Morgenrot.

Sie hatte nun der Renten zwei,
die Knauserei, sie war vorbei.
Die Leiche, die im Garten ruhte,
bewirkte noch im Tod das Gute:

Tomaten wuchsen auf dem Grab,
von denen sie den Nachbarn gab.
Der Dünger brachte viel Ertrag
von dieser Leiche, die dort lag.

Die Sache wurd´ erst offenbar,
als dann auch sie gestorben war.

Krimi Nr. 215

Der Gatte ihrer Freundin Lotte
heißt Duncan und ist echter Schotte.
Doch was er unter´m Rocke trägt,
ist nach wie vor noch nicht belegt.

Die Lotte schweigt sich eisern aus,
und niemand kriegte es heraus,
bis ihre Freundin mittels Spiegel
erforschte Duncans Gütesiegel.

Nun ist die Freundin endlich schlauer,
doch Lotte ist natürlich sauer.
Sie mag es nämlich gar nicht leiden,
wenn and´re sich an Duncan weiden.

Sie will die Freundin gründlich watschen,
doch kippt sie dabei aus den Latschen.
Sie stößt sich hart am Kopfe an,
macht einen Laut und stirbt sodann.

Die Freundin wittert ihre Chancen
und macht nun Duncan echt Avancen.
Der nimmt sie bald als zweite Frau,
und diese weiß ja nun genau,

was unter seinem dicken Kilt
so zwischen seinen Beinen schwillt.
Wie Lotte ist auch sie verschwiegen,
doch alle wollen Info kriegen.

Da wiederholt sich das Malheur:
ein Spiegel, Streit, sie ist nicht mehr.
Die dritte Frau gibt es für Duncan,
um den sich nun Legenden ranken.

Das was verhüllt ist und nicht nackend,
ist halt für Frauen äußerst packend.
Und die Moral von diesem Zoff:
trag lieber einen leicht´ren Stoff.

Krimi Nr. 216

Der Auftragskiller soll es richten
und zügig seine Frau vernichten.
Die soll jetzt endlich einmal sterben,
dann wird er richtig Kohle erben.

Die aber sagt zu ihm: „Mein Schatz,
im Testament, da steht ein Satz,
dass, sollte ich in Kürze sterben,
so wirst du keinen Penny erben.

Sollt´ ich jedoch noch lange leben,
werd´ ich dir reichlich Zaster geben."
Oh Gott, der Gatte kriegt zuviel –
der Auftragskiller sucht sein Ziel.

Er hofft, er kann ihn vorher stoppen –
sein Stressniveau ist nicht zu toppen.
Er ruft den Auftragskiller an,
der aber geht partout nicht dran.

Zu oft schon war er arg in Nöten,
wenn einer schrie: „Nein, doch nicht töten!"
Auch Killer müssen nämlich leben
und brauchen ihre Kohle eben.

So nimmt das Schicksal seinen Lauf:
Er sieht das Opfer und hält drauf.
Der Gatte wirft sich in den Schuss,
weil er den Mord verhindern muss.

Jedoch, das hat nicht viel genutzt –
ZWEI Opfer sind jetzt weggeputzt.
Der Staat wird nun den Zaster kriegen –
Tja, irgendeiner muss ja siegen.

Krimi Nr. 217

Der Polizist war echt korrupt.
Er hat schon manches Ding gewuppt.
Die Schuld schob er in and´re Schuhe
und hatte erstmal seine Ruhe.

Das klappte gut so manches Jahr,
weil er ein netter Kumpel war.
Es hatte niemand den Verdacht,
dass er so schlimme Dinge macht.

Bis er im Eifer seiner Gier
der Mafia kam ins Revier.
Die fackelten denn auch nicht groß
und schickten einen Killer los.

Nun liegt der böse Polizist
ganz mausetot in einer Kist´.
Und die Moral von der Geschicht´:
Verwechsle Gut und Böse nicht,

sonst stehst du da mit leeren Händen
und wirst doch nur als Leiche enden.

Krimi Nr. 218

Für Walter war der Job der Wahl
schon immer Hüter im Kanal.
Verstopfung, Schmutz und Stinkerei
ist Walter ziemlich einerlei.

Doch seine Frau, die meckert nur.
Von Sympathie hier keine Spur.
Auch wenn der Job ihr nicht gefällt,
so nimmt sie doch gern Walters Geld.

Das stinkt ihm bald, er ist es satt,
dass sie stets was zu Meckern hat.
Bald ist der Bogen überspannt –
er würgt sie hart mit seiner Hand.

Bald hört sie auf nach Luft zu ringen.
So einfach war's sie umzubringen.
Er karrt sie mitten in der Nacht
zum nächsten Einstieg in den Schacht.

Den hat er neulich inspiziert,
der wird jetzt länger ignoriert.
Sie passt gerade durch das Loch,
dass sie da festklemmt, fehlte noch.

Nein, er hat Glück, sie fällt hinab,
er schließt den Deckel: das war knapp!
Von nun an hat er seine Ruh'
und wendet sich der Arbeit zu.

Krimi Nr. 219

Der Opa saß auf dem Balkon,
und das seit vielen Jahren schon.
Gelähmt war er, dement und alt –
ein ganz normales Schicksal halt.

Er saß versteckt hinter Narzissen
im Rollstuhl und mit warmen Kissen.
Die Oma brachte ihm den Kuchen,
doch hörte man sie öfter fluchen.

Der Opa war ihr unbequem
und nicht gerade angenehm.
Da brach in ihrem großen Haus
im Erdgeschoss ein Feuer aus.

Der Rauch stieg auf bis zum Balkon,
der arme Opa schnaufte schon.
Die Feuerwehr kam schnell heran
und fing beherzt zu löschen an.

Bewohner standen draußen alle,
nur Opa saß dort in der Falle.
Die Nachbarin sah das Malheur,
verschaffte sich sofort Gehör

und rettete dem Alten eben
auf diese Art sein greises Leben.
Die Oma war sehr aufgebracht:
ihr schöner Plan zunicht´ gemacht.

Der Opa, statt dort zu verrecken,
sitzt weiter hinter Blütenhecken.
Er freut sich über seinen Kuchen
und weiß nichts von den Mordversuchen.

Krimi Nr. 220

Die blöde Gans hat rotes Haar
und helle Haut, das ist ja klar.
Aus diesem Grund, sagt sie dem Gatten,
sitzt sie im Sommer gern im Schatten.

Denn säße sie im Sonnenlicht,
verkrafte ihre Haut das nicht.
Sie wäre dann schon nach zwei Stunden
verbrannt, gepellt und ganz zerschunden.

Nach einem langen, bösen Streit
war es dann endlich mal so weit:
mit Schlaftabletten nicht zu knapp
sinkt seine Frau ins Traumland ab.

Er legt sie wacker in die Sonne
und wendet sie mit böser Wonne.
Nach vier, fünf Stunden bangen Wartens
beginnt die Wirkung dieses Bratens:

Die Gattin ist so sehr verbrannt,
die hat man gar nicht mehr erkannt.
Er kippt noch etwas Schlaftrunk nach –
er hofft, sie wird so schnell nicht wach.

Sie soll noch etwas länger garen,
dann kann er heimlich heimwärts fahren.
Er packt die Sachen, nicht nur seine,
und lässt die Frau dort ganz alleine.

Als man sie abends endlich findet
und sie sich nur vor Schmerzen windet,
weiß niemand, wer die Frau dort ist,
und niemand meldet sie vermisst.

Sie wird ins Krankenhaus gebracht
und eine Therapie gemacht.
Die Haut jedoch war so verdorben,
da ist die Frau dann doch gestorben.

Der Gatte lebt nun froh und heiter
zu Hause ganz alleine weiter.

Krimi Nr. 221

Der Gatte hielt die Frau auf Trab,
jetzt liegt er endlich dort im Grab.
Die Gattin, froh, ihn los zu sein,
genießt das Leben jetzt allein

Da geht des nachts das Handy an,
und leider ist ihr Gatte dran.
Die Hölle hat jetzt Internet,
drum drangsaliert er sie im Chat.

So ist das häufiger im Leben:
So manches Mal kommt´s anders eben.

Danke

an alle, die mich unterstützt haben:

Dirk, der mich seit vielen Jahren auf Händen trägt, was weiß Gott nicht mehr so leicht ist…

Martin, der mit Kritik, sowohl positiv als auch negativ nicht hinterm Berg hält und mich so anspornt, besser zu werden.

TrioLit, die für alle Ideen offen sind

Silke, die Maja so schön gemacht hat.
Jessica, die die ersten Fotos machte.
Jo Gemke, der mit aktuellen Fotos Maja weiterhin schön sein lässt.

Meinen Freunden, die mir die ein- oder andere Anregung gegeben haben, wie zum Beispiel

Gabi Sch. für Krimi Nr. 139
Birgit M. für Krimi Nr. 208
Mehreren Veganern für Krimi Nr. 212
Christoph T. für Krimi Nr. 213
Martina J. für Krimi Nr. 219

Und natürlich vielen Dank an das Leben, den Tod, die Eifersucht, die Gier, und alle Gefühle, die tödlich enden können – ihr alle habt mich angeregt, diese ungeheuerlichen Taten zu Papier zu bringen.

Über Maja Vandenwald:

Maja Vandenwald ist die Witwe des Staatsanwalts Berthold Vandenwald, wohnt in einem kleinen Bungalow am Stadtrand von Menden und verarbeitet mit ihren „Shortmords" all die schrecklichen Verbrechen, die sie im Laufe der Jahre von ihrem Mann geschildert bekam.

Nach ihrem ersten Buch „Shortmord" vollendet Maja Vandenwald mit „Shortmord 2" ihre Therapie – es kann aber durchaus sein, dass sich auch in zukünftige Werke der ein- oder andere Krimi einschleicht…

Bisher erschienen:

Shortmord
120 gereimte Kurzkrimis
Verlag Wortspiel Literatur e.V.
ISBN 978-3-935500-16-6
Preis: 8,90€

Es gibt Krimis in inflationärer Menge, aber es gibt nur ein „Shortmord".

Kurze, böse, spannende Krimis in Reimform und durchnummeriert – Maja Vandenwald schildert Verbrechen auf eine Weise, die dem Leser häufig ein „hohoho" entlockt, weil er hin- und hergerissen wird zwischen Komik und Niedertracht.

www.majavandenwald.jimdo.com
udm.spieckermann@t-online.de
Bestellungen über www.triolit.de

Ein bunter Strauß aus dem Alpha-Beet
Alliterationen
Verlag Wortspiel Literatur e.V.
ISBN: 978-3-935500-25-8
Preis: 4,90€

Humorvolle Texte, in denen jedes Wort mit demselben Buchstaben beginnt.
Einmal quer durchs Alphabet.

Viel Vergnügen!

www.majavandenwald.jimdo.com
udm.spieckermann@t-online.de
Bestellungen über www.triolit.de

Maja Vandenwald

Vers(s)trickungen des Alltags
der tägliche Wahnsinn in Reimen

Verlag Wortspiel Literatur e.V.

Vers(s)trickungen des Alltags
der tägliche Wahnsinn in Reimen
Verlag Wortspiel Literatur e.V.
ISBN: 978-3-935500-32-6
Preis: 8,90€

Maja Vandenwald ist den Begebenheiten des Alltags in Versen auf der Spur und zeigt uns die humorvolle Seite der Verstrickungen, die wir im Alltag täglich erleben. Ob Jahreszeiten, Männer, Frauen oder Kinder: Maja Vandenwald nimmt alles aufs Korn und lädt dazu ein, die Dinge nicht zu ernst zu nehmen und auch im Alltag hin und wieder das Schmunzeln nicht zu vergessen.

www.majavandenwald.jimdo.com
udm.spieckermann@t-online.de
Bestellungen über www.triolit.de

Glitzlichter
Das Weihnachtsbuch von TrioLit
UbaBu Verlag
ISBN: 978-3-00-054266-4
Preis: 9,90€

TrioLit schenkt nun der Welt zum Fest der Liebe dieses sauerländisch angehauchte Weihnachtsbuch:
Ein Werk mit Herz, Schmerz, Sex und Krimi.
Es möge Ihnen viele schöne, entspannende, aber auch mörderische Glitzlichter bescheren.

Bestellungen über
www.triolit.de
info@triolit.de